オキシトシンスイミング

オノ ツバサ

七月堂

オキシトシンスイミング

不揃いに
永遠
青を
汚すことなく
乖離
薄いオゾンジェラートは
剥離
スプーンの
流線に
掬われる
首筋通る
冷たい憧れ

オゾンジェラート

とんててとんと
雨がふりそう

とんててとん　と
雨が　ふりそうな　春の　やらかい　冷たい　雨が　泣
きそうな　笑いそうな　眠たそうな　春が

とんててとん

夜を走ると、瞬くリズムは、並ぶ、フラスコの氷水、点
滅する、窓ガラスに、反射する、脈拍が、実在を蹴って、
スクリーンに、表象する、コルトレーン、滑走する、裸
体は、剥けていく、たましいに、滲んでいく、吐息と、
目合ひ、ここかしこ、ここかしこ、空洞の音階を、奏で
ているのを、見送っていった

コルトレーン

気球に乗った昼さがりの猫が見渡した 傾いた箱庭に 羊雲を着た赤ん坊が乳房を探していた頃 夕方味の欠伸が光の皺を這わせて 抜けていく空気は宙へ追われ 取り返しのつかない美しさが恐ろしいと知るたび 迎えにいく声は歌に変わる 今日の終わり 身を研いでいく

傾いた箱庭

さびしさが、とうめいを見つけて、純度の奥行を仕上げ
ていくのに気づきだした頃、意味を失くしたコトバの脱
け殻が、余白と、句読点に、揮発する折、微かな発色を
もたらすこと、名のつかない気配に、気づいていく体温
が、不意に懐かしく思えること、収まりのよい韻律の反
芻に、環ろうとしていること

さびしさがとうめいを見つけて

しずんでゆくのはうかんでゆくのとおんな
じでひえてゆくのはつつまれてゆくのとお
んなじでうもれてゆくうちぶんかいされま
みれてもなおめがさめたまま

あかるくわすれていくみたいに

水色のふちには白色のかなたが在る、はるか
透明な夕やけを月色と呼ぶ、はだしで膜と水
辺を問うている、眠りをくぐる体温丸みを帯
びる

月色

四角い 函 です 歪な 幾何・う す い 白 です ススミマ
ス：影を いくつ 数えた 越えた カミシメタ：（わたし
さみしい 夢 です）：何処マデモ遠イ（あなた やさしい
青 です）：窓ノ空ノ果てノ …ソシテ，或ハ声，（ここ に
在る のは）

透明スケッチ

空中ヲ梳イテイク風合イ（ スーベニアブルー or スーベニアグリーン ）ソラ町ニハ細分化サレタ部屋ノ（ワンルームホワイト or カンランシャホテル）羽ノ生エタ柑橘類ノハダケテイクタ焼ケ（ナミダオレンジ or ナミダサイダー ）泡ニナッタ春ノ匂イ（ 桜雨 トウキョウ 風車 ）

スーベニアブルー

拾われたい目をしている小石だよ。手のひらはさわりたいんだ。指さえも、会いたいよ。夜へ行ったことある？水びたしの美わしい森の。火を見つづけるくらい、ずっと。星だと思っていた。唯のひとつも願ったことはなかったのに。雨にいっしょにまみれるように、永遠が終わったあと、そっと耳打ちをする。

小石

その 眠る パン の 横 の コップ 一杯 の 水 を 飲む
カーテン を 照らす 月 が あたためた 空 を みたす 音
から 離れて 部屋 は しん と する 日付 の 変わらな い
体温計 は まだ 熱 の ある 芯 を そっと 掴まえて 目 を
つむっている

眠るパン

あいさつする 舟 は また 塔 に なる たくさん の うた
は たった ひとつ の わたつみ に とけ、あいさつする
鴎 は また 空 に なる はまやらわ の はらわた の やわ
らかな、あいさつする 砂 は 足 に なる ふむ と つつむ
ミュート の 声 を たしかめる

塔

かまくらでは、ひとが、ひらがなのようになっていた、みなとが、ともしびのようにみえるのも、くものきれまへむおんのせぴあがいのるのも、きがふれたのか、ことばのゆきどまりがあって、ふちどるおとのかげをあるけば、こわれたらじおににたなみが、ずっときこえる、きおくにみとれている、とおくに

かまくら

いてもいないと、風になれるの、いつになるの。そんなふう
に、わらって、さわって。鉛筆で、線をひくと、きまって、
ふたつに、わかれていくから。目かくしをする、両手は、空
にとかれ、青と黄をまぜた、透明を、描いている。想ってい
る、ゆく先の、明るみを。まばたきの隙まに、予感が余韻を、
のせている。

線

ゆきのまぶたへ溶けてごらん。夕がたのにおいだったあの日。さかさのそらの町みかけた。じかに眠りにさわるの許されてた。

さわる

ガラスを割るようにピアノが弾けたら、喉の支えが剥がれて、時を吸えそうな空です。春のスピードを越えて、人より早い過去を浴びたあと、雨のまちぶせに流離う、アンニュイだけが、次の音の美しさを見ていた。

春のスピード

凡ゆるはだが 先端へと移ろうみたいに （ 空の触りかた、光の結

先端へ

びかた、風のしまいかた、夢のかざしかた)

絵の匣のなかに、うみひつじがいる。わだかまりに逸れる左曲の没落を、或は、右手に託して。まだ、退屈が美に悟られるまえの、寝かせられた白いカンバスの上。つり合うための、解を、浮かぶように、確かめる。しなやかな重みを含むふくらみを抱えている。なんとなく、埋められている傍に、いるんだ。

うみひつじ

素粒子を描くうしろ姿の夏、明るい昼；部屋の奥、時計；
陰を落として濃くなった；風景が聴こえる、古びたバス
停；待ち侘びる場所；胸の鼓動；空の青さ、陰の光飲み
ほし天気雨；虹の倍音；泣いてる渇き、手を差し伸べて；
掴まえて；振り向いて；息の熱；或は汗

素粒子

いろが蒸発する。間ぎわの。きおくの庭をぬけ、奥まで歩んでいる。虫も鳥も立ち退いたあとの。音が尽くされた。あとの。いろが。蒸発。する。間ぎわの。きおくの。庭をぬけ。逆再生の。景色の。きわの。魅せられて。知らないままに。かなしみを。欲しがりさえする。ような。漂う。意志の。骨が映える。

渡している橋

よく微笑う　とうめいな匂いが通った素地のよい空の飛びかた。　充たされることで空っぽになってゆく原理をかなでる。はなやぐ距離につつまれる。　ねえ、こうして、じかんを決めずなるたけゆっくり、こころの声を根こそぎ引きぬいてゆくように、そっと、海とりくちのぬい目らへんを歩きつづける。　足許には研かれた出来事いぜんがきらきらする。ふくよかな夕べを見えなくなるまでさわっている。

北条海岸

もうすぐです。まだ、もっと先で、ずっと以前です。なにもない代わりの、なにかを、あちらから、こちらへと。目が覚めたのですか? 起きぬけの、知っているような、ここに。いま、それはほんとうに、ほんとうなのですが、たしかめようとしたのです。どうやってか、けれど、思う。あらわれようとした。

あらわれようとした

寄り掛かるところが見つかると空を抱く
ことができた。或る日は月まで飛んでいっ
た。無音のまま飛んでいった。

目が見えなくなるほど

つよく念じると崩れてしまう。思いだそうとすると前とはなにか違っている。忘れながら、いつも、その発光を感じていて、説明をしても分からなくなる。絵を描いていた。引く線の意味が窮屈で、無意味がきれいだったりすると、救われたみたいな気づきに逢って、ぼくはただきみに会いたい。

絵を描いていた

よる の 青い 球体 が
おおわれている
ひと知れず 泪 は
汚れないように
ぼくから 出て いなくなる
ことばの結びめ や こめかみ に 残る くい
汀 は よるの 羊 に 乱反射する

青い球体

うしなうことでしか しりえないことは ようやく ほんと
うのことで あるいは ざんこくなことで たくさん あた
えて たくさん うしなって きがつくことが どんなに か
なしく あるいは うつくしいか

あかるい

。

。　　。

。

とり　と

電線

あ　さ

こえがする

雨だ

とりと電線

ぼんやりしていた。たぶん、みとれていた。それで、た
しか透明に代わることばを探して、しばらくそれを AO
と呼んでいた。それはたしかなことではなかった。はる
に生きていたと話すと思う。

AO

きこえない うたが きこえない うたが やっときこえる
ようになると

ふるさとを失って ふるさとを失って ふるさとがあらわ
れだす

静かすぎて ぶっこわれそうな 春は一秒

わたしたちは一部を知っただけで出逢いきることもなく

いくつかのことばを交わす いくつかのことばを交わし
お別れをいう

六地蔵駅

耕している　耕している　お花が咲いている　国道沿いを歩く　風がある　日差しがある　いけども　いけども　土地が広がっている

耕している　耕している　畑の傍らに　お花が並んで咲いている　火　と　水　の　あいだの　とうめい　の　色　を　耕している　耕している　けな気にいとおしむだけで　それ以外なにもないまま

国道四号線

まっしろ な まっしろ な くらやみ は あかるい あかる
い ひとつ の こきゅう。かくめいぜんや は そら を と
ぶ。いつか を かすめてきた におい。わたし きれい な
けつえき に なる。わたし きれい な けつえき に なる。
はるか はしる。きこえて むね から はな が さく。あめ
の つみき を する。

けつえき

おなかを空かせていないと ありつけない ねこ と 話す
ほんとうのこと 孤島 に いて 星 をうつす ねむり の 中
に 保存 する 時間 を 意訳 する 宴 の あと 洗われてい
く 単一 の 光 について さまざまな 角度 へ 離散 する
ひとつに 名まえ を つける

宴のあと

花のゆらめきは 挿し色に燃える季節に触る。音のかたち
をはかるように 円い匣の中をさまよっている。匂いに
沿って着崩した服が反目にあい 行き場を求める筆致を
覗くと、中性的な和音はしめやかに青白い恋をしている。

モノローグが風景になる　む音はことばになる　まなうら
にねつが灯る　イメージをたしなむ　六月は溶けていく　あ
けがたにつながる　伏し目がちなつきひ　口笛をふいて　風
のいろをなぜれば　ひきあうだろう

to be

もくじ

オゾンジェラート
とんててとん
コルトレーン
傾いた箱庭
さびしさがとうめいを見つけて
あかるくわすれていくみたいに
月色
透明スケッチ
スーベニアブルー
小石
眠るパン
塔
かまくら
線
さわる
春のスピード
先端へ

うみひつじ
素粒子
渡している橋
北条海岸
あらわれようとした
目が見えなくなるほど
絵を描いていた
青い球体
あかるい
とりと電線
AO
六地蔵駅
国道四号線
けつえき
宴のあと
6.12
to be

オノツバサ

1989 年生まれ。
twitter:@onotsubasa

オキシトシンスイミング

二〇一八年十一月二十四日　発行

著　者　オノ ツバサ
発行者　知念　明子
発行所　七　月　堂
　　　　〒156-0043　東京都世田谷区松原2-26-6
　　　　電話：03-3325-5717　FAX：03-3325-5731

印刷・製本　渋谷文泉閣

©2018 Ono Tsubasa　Printed in Japan
ISBN 978-4-87944-350-2 C0092

乱丁本・落丁本はお取り替えいたします。